世界推理小说 12 怪盗罗平系列

空心岩柱

[法] 莫里斯·勒布朗　原著
[韩] 李　鹏　改编
[韩] 朴淑敏　绘
张　义　译

人民东方出版传媒
People's Oriental Publishing & Media
東方出版社
The Oriental Press

读前小故事

入侵者倒在了莱蒙德的枪口下。
砰！
向修道院那边爬去了！大家一起出来寻找。
我也看到一个背着大包的男子跑了出去。
在以前是修道院，现在是德·热斯弗尔宅邸中，一件偷盗和杀人事件就这样开始了。
啊！陪在我身边二十多年的达瓦尔死了……
他们什么都没有偷走，只是杀死了管家！
为了调查这件事警察和记者全都来了，一个叫博特莱的高中生也一起跟着来了。
学生？学生来这里干什么？
是一个推理能力非常出众的学生，请相信他，或许他已经猜出了什么……
那么你猜出什么了吗？
当然了。
达瓦尔不是被小偷杀死的，而且有东西被偷走了！
听到博特莱的话伯爵好像显得非常慌张。
那么是谁杀死了他，又偷走了什么？
你有什么根据作出这样的推理？
根据伯爵和莱蒙德的表情、话语以及行为就可以充分推理出来。
而且还要告诉您，中枪逃跑的人就是罗平。
从博特莱的口中一说出罗平这个名字，大家全都吓了一跳。

目录

空心岩柱

莱蒙德赶紧从挂在墙上的武器中拿来一支枪，走到阳台上向着刚才出去的男子开了一枪，男子中枪倒下。莱蒙德向来到身边的下人命令道，

“皮特，赶快守住侧门，别让他逃跑。”

莱蒙德端着枪来到外面，嘱咐其他下人，

“阿巴尔，监视向修道院爬去的那个人。”

但是那人却逃离了阿巴尔的视线。

不一会儿连莱蒙德的身影都看不见了，阿巴尔也跟了出去。

三个人聚在一起找遍了整个修道院，但还是没有找到那个可疑的男子。

就连礼堂的窗户都没有碎掉。

皮特对阿巴尔说，

“也没有从侧门出去。”

男子中枪的地方还有血迹，并且留下一顶帽子。

早晨六点，接到报案的警察写了一份名为“发现犯人的帽子和实施罪行所使用的刀具”的报告交了上去。

预审官带着书记员到达昂布吕梅齐官邸时已经十点了。同时到来的还有两名乘坐马车的记者。

预审官四处打量着官邸。热斯弗尔伯爵和他的女儿以及已经变成孤儿的侄女莱蒙德所生活的房子，原来是修道院院长们生活的地方，所以官邸旁还有已经成为废墟的礼堂。盖维荣班长向预审官报告了目前为止调查到的情况。

“把庭院中所有的门都封死，一定会抓到他。”

一行人来到了事件的发生地二楼，看到著名画家鲁本斯的画以及昂贵的毛毯、壁毯等，预审官皮威尔嘟嘟囔囔地说道，

“这些画还在这里放着，可见他的目的不是偷东西。”

这时热斯弗尔伯爵引导着医生和一行人来到了卧室。

医生掀开遮在尸体上的布，达瓦尔还穿着衣服和鞋子。

医生断定他是被一刀毙命的。

皮威尔预审官一边观察着刀和帽子一边对伯爵说，

“请您把看到的和知道的都告诉我。”

“我在睡觉时听到了声音，睁开眼睛发现，在客厅里达瓦尔旁边站着一个人。我小心翼翼地打开客厅的门，这时那个人突然过来打我的头。后来是我女儿把我叫醒的，达瓦尔就死在我的身边。”

“达瓦尔先生不是很可疑吗？”

“他给我做了二十年的秘书，我们也是朋友，他不会做这种盗窃的事情。”

“那有丢失的物品吗？”

“虽然没有发现，但是我的女儿和侄女看到了两个男人背着很重的行李逃走了。”

这次苏灿和莱蒙德被叫了过来。和受惊的苏灿不同，莱蒙德勇敢地讲述了昨晚发生的事情。

达瓦尔先生不是
很可疑吗?

听到二人的讲述后，预审官皮威尔问道，

“请说一说在客厅里看到的男人的长相。”

但是苏灿和莱蒙德二人所说的犯人模样却不尽相同。皮威尔预审官歪了歪头，

“一个说犯人又高又胖，一个说又矮又瘦，真奇怪。没向任何方向逃跑却消失不见了。”

皮威尔把犯人掉落的帽子递给盖维荣班长，

“派部下去帽子店调查一下都有谁买过这样的帽子。”

然后皮威尔预审官进入礼堂搜索了一圈，但是没有找到犯人可以藏匿的地方。

过了一会儿走进来一个警官，说这个帽子是今天早上八点一个马车夫匆匆忙忙买的。

“把载着我们来的马车夫带过来！”

那名警官说，

“那个人说有急事，留下这件外套和帽子后，他又拿出一个相同的帽子戴上走了。”

皮威尔预审官突然醒悟过来，但为时已晚。

“那人是假的马车夫，伺机换掉帽子以后离开了。”

而他在马车夫的外套口袋中还留下了一张这样的纸条：

如果我们头儿死了的话我不会放过那个女人！

望着周围一脸惊讶的人们，皮威尔预审官向两名记者问道，

“你们是哪个报社的记者？”

一名回答说是来自《鲁昂报》的记者。

另一个人回答说是高中三年级的学生博特莱，

他和朋友们一起建立了推理小说俱乐部，粘上胡子打扮成记者的样子，亲自来到事件现场看看。

“到目前为止猜出什么了吗？”

对于预审官的提问，博特莱回答道，

“把所有疑点拼凑起来很容易解开谜题。根据这个房间中丢失的东西是什么，就可以猜出犯人是谁。”

听到这话的莱蒙德说道，

“预审官先生，请问问这位学生昨天下午为什么在连接侧门的小路上走来走去。”

在预审官提问之前，博特莱首先开口说道，

“我昨天下午在培尔莱劳斯，不信您可以去调查。”

起了疑心的皮威尔预审官命令警官保护博特莱离开现场。

那天夜晚，官邸对面突然响起了枪声，农家的仓库着起火来，由于火势就要向官邸袭来，所以所有人都跑去灭火。

“或许可疑的犯人会伺机而入。”

人们虽然这样想，但是回到官邸以后发现博特莱并没有走，保护他的警官也睡着了。并且在警官旁边的水瓶中残留着安眠药的粉末。

高中生侦探博特莱

《鲁昂报》刊载了一篇以“外科医生德拉特尔医生被绑架到汽车上又被释放”为标题的纪实新闻。

昨天晚上德拉特尔医生在和夫人一起去看演出的时候。一个男子带着两个部下介绍自己是一区的警察局长泰扎尔，并且这样说道，

“警察厅长迪杜伊让我来找您。有重要的事情，您悄悄地跟我走的话在演出结束之前我会把您送回来。”

演出结束了德拉特尔医生还没有回来，夫人赶紧跑去警察局。当然泰扎尔先生没有来这里。医生今早九点钟回来了，只简单描述了一下这件事。

“我用了四个小时为一位情况危急的患者做了治疗，在旅馆中治疗患者并且发生了患者痊愈的奇迹。他们没有支付医疗费，却向我的慈善医院捐赠了一万法郎，再详细一点说的话，这些捐款也是抢来的……”

可以猜到这次绑架与官邸中受到枪伤的犯人有关。也可以证明是那个假的马车夫写了下面的纸条：

这幅画是赝品。

巴黎45号邮局A.L.N.

要做紧急手术。派有能力的医生到14号国道来。

收到信息的同伙绑架了医生，此时其他人点燃了库房然后趁乱救出头目，在旅馆里治疗。加尼玛尔警官把14号国道和昂布吕梅齐府邸之间的所有旅馆都翻了个遍，还是没有找到负伤者。星期天的一整天加尼玛尔警官都在案发现场。那天子时，有一名男子从官邸附近的侧门中进入了庭院。在庭院里游荡了很久，然后被逮捕了。

星期一早上赶来的皮威尔预审官对被抓住的男子说，

“这不是业余侦探博特莱吗！案发的前一天圣韦朗看见你在培尔莱劳斯了，听说你在让松德赛伊高中上学，成绩优秀，观察力突出，常被拿来和夏洛克·福尔摩斯作比较，很是受人尊敬，这几天你都有什么发现？”

博特莱有点害羞地答道，

“我听说圣韦朗和苏灿看见了两名男子提着什么东西跑了出去，但是热斯弗尔伯爵又说没有物品丢失。所以我猜一定是用同样的东西给替换掉了。”

“嗯，有那种可能性。那你为什么还要说什么都不知道？”

“挂在那里的鲁本斯的画被替换掉了。”

“一年前，一个叫夏尔普纳的男子来到这里，用了五天时间临摹了鲁本斯的画，他把那幅临摹的画挂在了这里。”

警官把热斯弗尔伯爵叫过来进行盘问。

但是伯爵已经知道这件事了。皮威尔继续问道，

“伯爵，你知道这件事为什么不说出来呢？”

“有谁会轻易说出自己的收藏品是赝品呢？”

听完这些话的博特莱开始叙述他的分析，

“预审官先生，达瓦尔如果是在睡梦中醒来的话，在那种情况下，他怎么会穿着衣服而且还穿着皮鞋呢？达瓦尔其实是共犯。把临摹鲁本斯作品的画家推荐给伯爵的就是达瓦尔，从他房间里的纸张中发现了马车夫传电报的地址。杀死达瓦尔的人不是小偷，凶手就在这个房间里。”

“竟然在这个房间里？你说的是谁？”

“伯爵，您说犯人一看到您就把您弄晕了。那么您是怎么知道达瓦尔被刀给刺了呢？听到您醒来后说的第一句话，我就知道是伯爵您杀死了达瓦尔。”

“伯爵杀死了达瓦尔，为什么？”

“盗窃头目和达瓦尔在客厅时听到了伯爵的房间中有动静，达瓦尔马上提着刀跑了进来，伯爵抢过刀刺死了达瓦尔，然后受到了从客厅中跑进来的头目的攻击晕了过去。”

预审官向伯爵问道，

“这是事实吗？如果是那样就属于正当防卫，您为什么还要隐瞒呢？”

“虽然达瓦尔没能禁住诱惑背叛了我，但他毕竟是在我身边工作了二十年的朋友，我想让他以死来接受惩罚就足够了。”

预审官向博特莱点了点头问道，

“那么对旅馆中接受治疗的负伤者有没有发现什么线索？”

“那只是让人去调查旅馆而实施的骗术，外科医生受到了威胁，如果不那样说的话就会遭到报复。”

“那么藏在某处的那个人是谁呢？”

“就在这个前修道院的某个地方，他就是亚森·罗平。电报里的 ALN 就是亚森·罗平，他的同党第二天化装成马车夫，载着预审官来到这里，来打探头目到底怎么样了，并且带走了证物帽子。”

“在这之后他们没想把头目带走吗？”

“警察一直守在这里，所以是不可能的。但是让警察们参与救火之后，他们就可以自由行动去找医生了。”

“那么所需要的水和食物呢？”

“这个我还不知道，但我会慢慢查到的。”

皮威尔预审官还想得到更多的帮助，但是博特莱却回学校了。加尼玛尔警官也回到巴黎去了。但是他收到了一封博特莱寄来的速递，上面写着亚森·罗平化名为艾蒂安·德·沃德莱住在马尔伯夫街 36 号。

第二天警官们来到那里，了解到四天前有两个人来过，把所有的书籍全部烧毁后走掉了。但是还能看到一封埃博拉毕·惠灵顿寄给艾蒂安·德·沃德莱的信。

希望你能把热斯弗尔伯爵的画寄给我，同时剩下的东西最好也一起寄给我。

几天后，惠灵顿因为偷盗罪被逮捕了，现在博特莱成为了英雄，因为他身为高中生，却通过推理找到了杀死达瓦尔的人和被盗的画。虽然人们想让博特莱揭露这个事件的结局，但他却这样说道，“要想在考试中不及格，就在6月6日放学时去现场。”

地下室中的男子

6月6日，博特莱在开往昂布吕梅齐的火车上睡着了，但是醒来时，意外地看到对面坐席的靠背上贴着一张纸条。

每个人都有各自要做的事情，你少管闲事，若插手会有危险！

博特莱从报上得知，昨天晚上莱蒙德·圣韦朗遭到绑架，距其府邸 450 米处掉落的头巾沾满了血，看起开好像已被杀害了。博特莱到达昂布吕梅齐的府邸时，皮威尔预审官也来了。班长在头巾掉落处的附近找到了一张纸条，递给了预审官。这是一张折了又折就要破碎的发黄的纸条，内容有数字、卜文、记号，完全看不出是什么意思。

几项调查结束后，预审官对博特莱说，

“热斯弗尔伯爵把案件托付给了夏洛克·福尔摩斯。他一来事情就都被解决了，你会高兴吗？”

博特莱在礼堂附近躺着的时候皮威尔预审官也来了。

“我还在期待着你的调查结果呢，有什么新发现吗？”

博特莱坐起来回答道，

“被盗的东西除了鲁本斯的画以外还有别的东西。”

“还有别的东西？你说的到底是什么？”

“惠灵顿先生的信中还写着把剩下的东西也寄给我的话。罗平没寄出剩下的东西，所以还能找到。”

博特莱向礼堂走去，突然用拐杖打碎了其中一个塑像。预审官赶快阻止他，问他为什么要破坏这么珍贵的作品，但是博特莱口中念着“圣母玛利亚”，并破坏了耶稣像。这时热斯弗尔伯爵出现了，用手枪指着他叫他停下来，博特莱看着这些被破坏的塑像说这些都是赝品。伯爵和预审官虽然很难相信，但却是事实。

“中枪以后的罗平爬到礼堂中藏了起来。而且……”

“礼堂里没有可隐藏的空间。”

热斯弗尔伯爵大叫道，但是博特莱却自信地说道，

“我翻阅了镇公所保管的文书，说礼堂下边有一个秘密地下室。罗平也调查并知道了礼堂中有要偷的东西。”

博特莱用镐头敲碎了礼堂中的祭坛，石块

掉了下来，

他们看到了祭坛下面的梯子，梯子底端有一具惨不忍睹的尸体。

石块掉落在脸上很难分辨出是谁，但是衣服上印着罗平的名字。

这时传来了找到圣韦朗尸体的消息。

虽然尸体戴着的金手镯就是证据，但是博特莱却不相信，

他看了报纸上两周以内的所有新闻，并且去昂韦尔默拜访了许多人。

调查结束后，骑着自行车回来的博特莱在家附近的一个下坡处被绳子绊了一跤，不知何人系在那里的，绳子上又有一张纸条，上面是警告他的最后通牒。

博特莱来到预审官房里，使眼色让书记员先出去一下，然后用受伤的手提着绳子说，

“这是二十分钟前在洗衣房用来晾衣服的。看来内部有人监视我，最好把班长捡到的纸条给我看看。”

班长把写着暗语的纸条递给了博特莱。

博特莱看着纸条尽力猜测道，

“从 1 到 5 的数字是按照母音顺序出现的，α，β 卜文是以子音的形式出现的，按照这个规律寻找数字的话就可以得出‘小姐们’‘针’‘空心’这三个词。”

“小姐们是指圣韦朗和苏灿的话，那么空心的针指什么？”

“一会儿就知道了，但更重要的是这张纸条。为什么这张羊皮纸到现在还很新？而且，这个红色的封印有什么含义？”

这时书记员进来说，检察长正在正门等候着预审官。

“检察长路过有话要说，正在马车里等着呢。”

预审官刚一出去，书记员就把门锁起来并掏出尖刀。

“小毛孩，我也不浪费时间了，检察长来是谎言。”

内部的共犯就是预审官的书记员，这点毋庸置疑了。

“你想从我这里得到什么？”

“把纸条交出来，快点。”

书记员举着刀慢慢走过来，刀尖对准自己头部的危急时刻，博特莱把钱包扔了过去。书记员刚要把刀收起来，但他打开钱包一看，突然大声叫道，

“纸条，这里没有纸条。”

书记员扑了过来和博特莱扭成了一团。

外面响起了敲门声，博特莱的肩膀上被扎了一刀，博特莱渐渐失去了意识，并感觉到书记员从他的口袋中偷走了纸条。

第二天人们听到了令人吃惊的消息，加尼玛尔警探失踪，夏洛克·福尔摩斯被绑架，而罗平一伙人也没有了踪迹。夏洛克·福尔摩斯和加尼玛尔消失的同时，博特莱也身受重伤，不能动弹了。

罗平和博特莱的会面

预审官皮威尔发布了最新的调查结果，并且夸奖了博特莱的积极参与。

之前为保守职业秘密而一直不肯开口的德拉特尔医生也向朋友们讲述了事实。

“我被带到的地方确实是礼堂的地下室。受伤者的同伙们确实叫他罗平。”

罗平和圣韦朗的尸体也被发现了，现在事情好像就此结束了。但博特莱却说事情没有这么简单。

人们一边感叹着年轻英雄的能力，一边期待着他能快点给大家还原真相。

五个星期后，博特莱完全恢复了。报纸刊登了这一消息，同时也刊登了博特莱第二天要发稿披露案情的消息。

就是那天晚上，博特莱和罗平见面了。博特莱接到一个电话称，如果不延期发稿的话，就会杀了他的父亲，并且要求见一面。这次，罗平化装成了一个神父。

“利用你敬爱的父亲果然很有效果。我为书记员对你的伤害行为道歉，用刀子刺你那并不是我的意愿，他是这次我们新招入的成员。这个事件中，预审官的书记员是我们的人，是不是很有趣？可是他过度忠于自我，妄自判断而伤害了你。”

不能说出秘密。
不可能。

第二天早晨，报纸刊登了博特莱的文章，内称他太担心父亲的安危了，即使有确切的证据也不能说出事实。

昂布吕梅齐的谜

我调查出的第一个谜是“受伤的罗平在地下室中没有水没有食物是怎样坚持的”。

受伤后的罗平拼死向有地下室的礼堂爬去，这时圣韦朗出现了。罗平赶快对她说，杀死达瓦尔的不是自己而是热斯弗尔伯爵。然后她就对这个被自己拿枪击中的男人产生了歉疚感。

所以用手巾帮他把伤口裹住，用罗平身上带着的礼堂钥匙把门打开，进去后又把门锁起来。

然后，假装和到来的下人们一起寻找。虽然藏在地下室之前，罗平调查过礼堂，但过去了六个小时他还是没有进去。

已经成为罗平同伙的圣韦朗一点点地给罗平运送食物，并给他疗伤。

所以她描述的犯人模样是假话，并且换掉了帽子，说在树林中看到了我也是为了阻止我的行动。

第二个谜是“作为怪盗，拥有被视为无法匹敌的力量的罗平，

明明还自由自在地活着，为什么这次想让人们相信他已经死了呢”。

答案就是圣韦朗美丽的容颜。

罗平对她的谢意已传化为了爱意。

世界大盗罗平在孤独中忽然生发了对圣韦朗爱的火苗。但是不能接受罗平爱意的圣韦朗，等到罗平的伤一好就消失不见了。没能收获爱情的罗平计划远走高飞，在同伙帮助下绑架了圣韦朗，并且制造了她被杀害的假象。

罗平已经猜到我会发现礼堂里的塑像是赝品，石膏塑像轻易就被敲碎压在了假罗平的头部使人无法辨认，这就是证据。尽管圣韦朗的尸体也戴着同样的手镯，但是却很难辨认是不是她。调查之后发现，那是一对年轻的美国夫妇服毒自杀的尸体，他

们的家人前来确认后把尸体带走了。这些家人就是罗平和他的同伙们。事件到这里就大致结束了。但是加尼玛尔警官和夏洛克·福尔摩斯以及在现场的我产生了怀疑。所以加尼玛尔警官和夏洛克·福尔摩斯遭到了绑架，并串通好了书记员袭击我。还剩下最后一个谜。那就是他为什么想抢有关“空心针”的那个纸条？虽然纸条被抢走了，但没想到我记下了五条内容，可能是怕我猜出什么来？

绑架与跟踪

那天晚上传出了博特莱的父亲被绑架的消息。

“尽管深信在严密的保护下不可能被绑架，但还是……”

整天都在打击中度过的博特莱决定亲自去寻找父亲。他踏上了开往圣拉扎尔的快速列车，翻开报纸看到了一篇罗平发表的消息。

博特莱的调查惊人准确。我为了爱情渴望和平，圣韦朗确实还活着，但没能得到她的爱使我很痛苦。我再为惠灵顿先生说句话，他是美国能人库莱的秘书，在执行艺术品收购的过程中认识了艾蒂安·德·沃德莱，也就是我，罗平。鲁本斯的画和礼堂的塑像已被我转移到了安全的地方，被他买走了。最应该遭到惩罚的人是库莱先生。因为他想避免麻烦，连自己的秘书被逮捕了都还装作什么也不知道。

博特莱非常困惑。

“发生了什么重要的事情使他往报社发了这封信？为什么要让全世界知道他的爱情失败了呢？”

早晨六点，火车一停下来，就有一个博特莱父亲所在的武器库的职员走了过来。他还有一个十二三岁模样的女儿也一起跟了过来。职员无法理解博特莱的父亲怎么会被绑架。两天前还待在房里，而且晚上也不可能走出武器库。他递给博特莱一张其父携带的照片。照片上是站在修道院正门的博特莱，照片背面写着R·德·瓦洛—3.4—里翁。职员看着照片问道，

“是3月4日叫德·瓦洛的人在里翁拍摄的吗？”

博特莱目不转睛地盯着照片看了一会儿，又问了几个问题后得出了结论。

“3.4千米外的瓦洛大街上有一个叫里翁的旅馆。这是故意设计成是我寄出的样子，让我爸爸去见我。其实我都不知道我有这张照片，是书记员偷偷照的。”

“可是是谁把照片给您父亲的呢？”

“这中间一定有什么人。而且他是在白天出去的，此人曾经装作和别人说话好像房里有人。父亲实在是想见到我。”

博特莱悄悄地攥住了小女孩的手，小女孩放声大哭起来。博特莱安静地问道，

“是你吧？帮他递照片，你知道爸爸不在房间里吧。那个人给你钱了吗？只要你告诉我听到他们说什么了，我就不会责备你。”

“呜呜呜……说什么夏托。”

“夏托鲁？”

孩子点了点头，博特莱踏上了经过巴黎开往夏托鲁的火车。他乔装成三十岁左右的英国男子模样，到达后一边看军事地图一边四处逛，听身边的人们谈话。但是过了两个星期，他什么也没能找到。马上要失去自信的某一天，他收到了一封没贴邮票的信。是他的父亲写的。博特莱抱着怀疑有陷阱的心态打开了这封信。

我亲爱的孩子！不知道你收到了没有，我被蒙着眼睛绑架到一座城堡里。看建筑物和庭院里的植物好像是中部地区，我在二层右边的第四个房间里，把信绑在石头上扔到外面，祈祷你千万要收到它。

信上盖着“安德尔居齐荣邮局”的邮戳。博特莱化装成劳动者后开始向安德尔居齐荣进发，打听捡到并寄出信的人。最后他来到了一个村子，认识了一位磨刀的夏莱老爹。但是老人向被催眠了似的，几天前发生的事情全部忘掉了。博特莱跟在老人的后面走，因为他觉得老人经常走的路一定是去某个地方的。不过，跟在老人后面的还有另外一个人。但那个人突然改变了心意，消失在了树林里。博特莱向那个男子望去，发现他进了一个高高的城堡，一看就知道那是罗平关押人质的地方。博特莱回到村子向一个少年问道，

“那边那座城堡叫什么名字？”

“尖顶堡。”

博特莱想，

“我的天啊，克雷兹地区的尖顶堡！我可以战胜罗平了。”

克雷兹尖顶堡就是纸条中“空心针”的意思。

解救并结婚

第二天博特莱化装成一位年轻的画家进行调查，而且认识了尖顶堡的主人路易·瓦尔梅拉男爵。现在这座城堡由昂弗莱迪男爵租住着，博特莱找到瓦尔梅拉男爵，诚实地把他父亲关在这里的事告诉了他，并且请求得到他的帮助。

“昂弗莱迪男爵长什么样子？”

“脑袋长长的，感觉长得像英国的神父。”

“没错，就是罗平。我要去救我的爸爸。”

“我也和你一起去，那里房间很多，走廊也很复杂，你很难自己成功进去。”

在一个没有月亮的夜晚，两人开始了行动。他们从树林里的密门一进去，狗就开始乱叫起来。瓦尔梅拉男爵吹了一声口哨让狗坐下。

“对对，真乖，这才是好孩子。”

瓦尔梅拉不愧是城堡的主人，两人很容易就进去了。他们沿着走廊前行，这时看到客厅中央站着一个拿枪的男人。被吓了一跳的博特莱匆忙躲到花盆后面，瓦尔梅拉也从暗处向男子爬去。

突然灯灭了，并且传来了搏斗的声音。过了一会儿，博特莱看到瓦尔梅拉做出一个快点跟过来的手势。他们来到第二层的第四个房间，爸爸就在这里。

按照爸爸的话，这里还关着一位年轻的小姐。他们到对面的房间一看，圣韦朗真的也在这里，但是没有罗平停留的痕迹，只是在圣韦朗旁边的房间中有六个已经凋谢的花环，以及求爱和威胁的卡片。

博特莱变得更加出名了，因为他救出了两个人，而且根据圣韦朗的证言确认了他之前的调查全部都是正确的。

十月初，作为毕业生的博特莱努力准备考试。罗平好像也放弃了，因为他放走了加尼玛尔和夏洛克·福尔摩斯。况且，瓦尔梅拉和圣韦朗相爱并结婚了。永远失去了自己所爱的女人，罗平也没再出现。

追随博特莱的学生们举办了庆功宴，但是当博特莱站在许多人面前时，有人递给了他一份报纸，上面刊登着令人吃惊的消息。这是一篇铭文文学学会马西邦先生的文章，内容关于“空心针的疑惑”。

空心针的疑惑

国王焚书之前只留下给自己看的一本，命令其他的全部烧毁。但是近卫队队长偷偷从火中拿出了一本，五天后被发现死在了大街上，他的口袋里还揣着昂贵的钻石。从英国国王那里传来了藏宝地的秘密，后来这个秘密被圣女贞德传到了法国王室。114 年后，路易十六在遭受死刑之前把它用红蜡密封起来交给了一位将军，并写了一个暗语纸条要他交给玛丽·安托瓦内特王后。安托瓦内特王后上断头台前打开祈祷书，把纸条塞进皮质书壳和羊皮纸封面之间的夹层里寄给了朋友费尔桑伯爵。

调查过将军家族中留传下来的资料后，我对当时路易十四的近卫队队长的曾祖父留下的“空心针”产生了疑惑。我调查了他的全部资料和记录后，得知路易十四建造了一个新的城堡。

因为路易十四猜测到了这个秘密会流传出去，所以赶快建造了一座城叫做“空心针”，如果有人问起的话，就联想到“克雷兹尖顶堡，王的城堡”，这样其实就中了路易十四的计了，两百年后的现在，博特莱就中了陷阱。罗平租借这座城堡关押人质就是利用了这个陷阱，并且他知道博特莱一定会找到这里。罗平早就解开了暗语，知道了从王室中流传出来的“空心针”的秘密。

博特莱意识到了自己的失败，感到非常难堪，他扔掉报纸坐在

地上双手掩面。人们惊讶地议论起这个完全出乎意料的故事，都希望博特莱给出“事实并非如此”的回答，但是博特莱没有动弹。前来祝贺他的瓦尔梅拉男爵轻轻地拉开博特莱的手，抬起他的头，看到博特莱正在伤心地流泪。

像天鹅一样美丽的女人

这次只拿走一个，下次十二个全部拿走。罗平。
老公，趁这次机会我们把东西全部卖掉怎么样？
这是什么话？我一定会抓到罗平。
是。
给我看好了！
这次买了五份保险，现在应该放心了。
上校，画中人和您的夫人可真像。
我的妻子也叫爱迪特。
赶快弄明白是怎么回事？
你说什么？
不管怎么样都不响。
嗯……
第二天早晨。

展示品全部都消失了。
什么……
确实是我丈夫，呜呜。
拥有天鹅般容貌的王妃的悲剧成了上校的悲剧。
局长先生，罗平不玩杀人的游戏，警报也是有人故意拉响的。
加尼玛尔，这么说犯人就在客人和下人中。
尸体保管所中，上校的尸体也不见了。
那么上校还活着？
保险公司来人支付给了夫人一笔钱，加尼玛尔偷偷地看到了夫人接过保险金。
珍贵的物品全部被盗又失去了丈夫，真是替你难过啊。
呜呜呜，谢谢。
罗平和上校是一个人，只不过是用十二个装饰用的毯子弄出个被偷的假象，来骗取高额的保险金。
哦哦，那么那个女人和他也是同伙。
孩子呀……
现在马上就要结束了。
“孩子呀”不是罗平的奶奶对他的称呼吗？那么那个下人就是罗平？
警察厅长先生，现在犯人就是瓮中之鳖，请派警察进行偷袭。
确定那个下人就在房间里？
那里有一封信。
是怪盗绅士、上校，也是下人的罗平对加尼玛尔警官的出众能力给予很高的评价，但没能猜出接电话的对方是谁是一个失误哦。
——罗平

尖顶堡的秘密

“尖顶堡”不是指克雷兹城。“小姐们”也不是指圣韦朗和苏灿。因为纸条是很早以前流传下来的……从头到尾再捋一遍。

博特莱意识到了这个失误，无法理解这个纸条的含义。

“安托瓦内特王后的祈祷书现在何处？被书记员抢走的纸条呢？一定是交给罗平了。”

博特莱托付他的一位收藏家朋友去查找祈祷书的去向。后来了解到，是被费尔桑的子孙珍藏了起来，从五年前开始放在卡尔纳瓦莱博物馆展示。博特莱来到博物馆，掩饰住内心的兴奋，打开书的封面。他发现了一个折了两折的纸条。

费尔桑，请把它交给我的儿子。

1793年10月16日玛丽·安托瓦内特

但是王妃红色签名的下面还有一个黑色墨水的签名。令人意想不到的是，这个签名就是罗平。暗语纸条不见了，已经被罗平拿走了。

一定要平安无事地交
给王子……

现在明白为什么要抢那个纸条了，是担心羊皮纸和红色封印被认出。“尖顶堡克雷兹”是真实存在的。但是近卫队队长从火中拿出来的书还在吗？

博特莱继续坚持不懈地调查，终于查明了路易十四时期的那位近卫队队长的名字叫“拉尔贝里”。还查到了拉尔贝里的女儿和拜尔林男爵结婚了，现在拜尔林男爵就生活在雷恩地区，而且子孙满堂。

博特莱去拜访了马西邦先生，但他不在家，只留下了一个便条：“有人联系我说‘尖顶堡’这个词出现在了一本书里，你也来拜尔林城堡吧。”

博特莱来到了拜尔林城堡，跟随下人到了客厅，看到了一个胡子花白有些驼背的老人坐在那里，就是报纸中看到的马西邦先生。房主拜尔林男爵走了进来。男爵的女儿昨晚找到了书，男爵用手指了指放在桌子上的书。博特莱赶快打开书看到了由卜文和数字组成的暗语。但是有关暗语说明的开始部分的两张纸被撕掉了。这时男爵的女儿维尔蒙夫人走进来说，昨天晚上还完好无缺呢。

“感觉很有意思我就背了下来。写的是……”

就在这时，下人走进来递给夫人一张纸条。

您要是说出内容的话小心您儿子有危险。

维尔蒙夫人吓得脸色煞白。博特莱突然掏出枪指向马西邦，可是马西邦好像提前知道了似的夺走了枪，微笑着慢慢隐退不见了。

维尔蒙夫人吓得说不出话来，博特莱只好走出了城堡，走到通往车站的路上的一个路口处，穿着马西邦衣服的罗平在那里等着他。

“没想到那样你都没认出我来……知道我怎么知道你和真的马西邦先生要来男爵的城堡见面吗？是你的朋友和他的女朋友说的，他的女朋友全都和我说了。被朋友背叛是不是很生气？就连我也不知道为什么会这样。把你关起来以后，我就可以在王室成员们为我准备的住处过着养尊处优奢华的生活了。‘尖顶堡克雷兹’的秘密就连罗平我都花费了十天才弄明白，你得需要十年！”

罗平吹了一声口哨，一辆车驶了过来。车里面真正的马西邦先生在睡觉。罗平一副洋洋得意的表情。

“马西邦先生路过时我就把他劫持并弄睡着了，给了他我的名片和零钱就走开了。”

罗平把他放在了路边的树下面，然后嘲笑博特莱说，

“你和拜尔林男爵说话的时候，我把重要的那几页纸给撕掉了。维尔蒙夫人想要说出那几页纸的内容时我也很害怕。还担心下人不能及时出现，被你发现后被迫掏枪还真是惊险！”

没想到那样都没
认出我……

巴黎
勒阿弗尔
鲁昂
迪耶普

破解暗语

博特莱找到了“尖顶堡克雷兹”的秘密和一些其他相关事情的几个共同点。

“所有事情都是在鲁昂、迪耶普、勒阿弗尔这些地区，连起来是个三角形。被杀害的偷宝石的近卫队长也是在这个地区发现的。路易十四为了吸引别人的注意，在克雷兹地区建了尖顶堡。罗平事件的发生地也是在从塞纳河岸的峭壁到英吉利海峡的悬崖地区，夏洛克·福尔摩斯被绑架的地方，以及悲剧的发生地昂布吕梅齐也在这个三角形区域。那么罗平的根据地好像也在这个区域内。”

博特莱装作是旅行者开始搜查这个区域。

一天，一个看起来像将军模样的人过来搭话，

“过得怎么样，博特莱。很容易就看出来你变装了。”

这个人就是化装后的夏洛克·福尔摩斯，他正在找罗平。

“罗平的乳母维克图瓦在勒阿弗尔去往里尔的25号国道附近的一个农场生活。我要用维克图瓦作为诱饵抓住罗平。”

根据夏洛克·福尔摩斯所说的，调查范围又缩小了。

在塞纳河沿岸调查的某一天，博特莱偶尔看到了在大海方向的一个绝壁上有一座小城堡。

铁丝网里面有一个拱门，上面写着“弗莱福塞堡垒”。

进入堡垒，沿着羊肠小路一直走，看到了一个洞穴。博特莱走进洞穴里，突然激动得全身发抖。因为有一块大花岗岩上刻着D和F。

“暗语的第四行，这是指距离和方向。”

博特莱向一个正在喂羊的牧童跑过去问道，

“你知道堡垒右边的洞穴叫什么名字吗？”

“‘小姐的闺房’。”

博特莱惊讶得许久没有动弹。想避开罗平一伙人视线的博特莱等到夕阳徐徐落山时才走向了绝壁。

“啊！”

看到眼前的景象他不禁感叹。宽广的海面上高耸的岩柱看起来有80多米高。这个水面上突出的花

岗岩奇石，越往上越尖。尖顶堡的秘密，就是这个岩柱，而且里面竟然是空心的！

巍峨的空心岩柱，即使受到波浪和狂风的袭击，依然高高地耸立在那里，面对着美丽的大海也不失庄严。

打开秘密的大门

巴黎通过塞纳河连接着大海，空心岩柱是大海中看不见的王国，是一个不知其奥秘的话谁也进不去的秘密仓库。

“我一定要拿到进入石柱的钥匙。”

在旅馆里，博特莱打开了写有暗语的纸条。把数字换成母音就解出来了。

“去小姐的闺房，经过堡垒下面，到达空心岩柱。怎么办？一定要马上解出第四条。”

从连接空心岩柱和陆地的那个叫小姐的闺房开始。

第二天，博特莱去洞穴破解暗语。

“D 和 F 是小姐们和堡垒的首个字母。”

然后发现了洞穴壁上打通了一个四边形的窟窿，那是暗语里的四边形。把头伸进窟窿里就看到一条通向堡垒的路。

“四边形窟窿下面的铁圈是什么？”

这是第一个秘
密入口。

博特莱看到了远处草丛里的旧石墙。

“数字 19 是什么意思？”

博特莱把线的一头系在窟窿的铁圈上，然后量了 19 米，再把另一头系在石块上扔了出去。石块碰到的地方差不多就是羊肠小路的中间。

“对了，那是古时候的长度单位，换成米就是 38 米！”

博特莱又量了 38 米，绑着石块扔了出去。石块碰到了堡垒的墙面。那里有一个十字架的标志。博特莱小心地按了一下十字架，一个暗门打开了，出现了一个地下通道。吃惊、兴奋以及不知罗平一伙发觉了没有的担心，各种心情交织在一起。那天晚上，博特莱给警察局发了一封求助信。在洞穴里等待着回信，等了两天，有几个男人来过，还搬来了行李。然后筋疲力尽的博特莱回到了旅馆，加尼玛尔警官也来了。

“你真厉害！现在应该能把他们全部抓到了。”

“罗平如果在奇岩城里的话就会逃向海上。”

“我会把部下分成两拨，一拨攻击一拨看守。让勒阿弗尔的鱼雷部队待命。明早十点涨潮时进行攻击。”

博特莱那天彻夜未眠。

第二天，作战开始了。走下45级台阶后出现了一扇门，门的四角又加了一层用钉子钉着的铁板。但是无论怎么拉拽钉子，门都不开。博特莱想到了暗语里44这个数字，向上走了一级台阶后拉了一下钉子，门打开了，出现了一个宽阔的洞穴。

“这里是堡垒的下面。”

之前还都是土路，现在换成了结实的石灰洞穴。穿过洞穴又出现台阶，下到第358级台阶时还有一扇门。这次又按照暗语里的数字357，在第357级台阶上轻松地打开了门。穿过隧道的台阶后，经过海底有一条向上通往奇岩城的路，但是这条路上有三个分支。博特莱决定自己走一条，其余的人在另两条路上守着。上了30级台阶后，出现一扇没锁的门。走进房间一看，里面全是破烂东西，两侧还有楼梯。又走了30级台阶又有一个房间，比第一个房间要小一些。就这样每走30级台阶就有一个房间。上到第四个房间，就看到了脚下10米处的大海。

“离加尼玛尔警官越来越远了……再上一层看看。”

上一层的房间挂着壁画，铺着羊毛毯，对面的橱柜中装满了高级食物，房子中间摆着一张铺着高级桌布的饭桌，上面有水果、巧克力、香槟，还有鲜花做点缀，三个座位上都放着餐巾，而且还有写着人名的卡片。“罗平”，“罗平夫人”，看到第三个座位时，博特莱惊讶地停住了脚步，因为上面写着“博特莱”。

瓦尔梅拉男爵夫人，不，是罗平夫人。
恺撒查理曼大
……路易十一
弗朗索瓦一世
亨利四世
路易十四
亚森·罗

罗平的爱情与死亡

一个男子拉开帘子走了过来说道，

“博特莱君，你比我想象中来得要晚啊。”

博特莱吓得差点摔倒，因为那个男子不是罗平而是瓦尔梅拉伯爵。

“没想到救我爸爸时帮助过我的尖顶堡的主人瓦尔梅拉竟然是罗平！”

“现在知道我的变装能力了吗？真的罗平就在你的眼前。”

“那么圣韦朗小姐呢？”

罗平撩开帘子使了个手势，圣韦朗走了过来。

“啊，圣韦朗！”

“是罗平夫人，叫瓦尔梅拉夫人也无所谓，因为夫人已经和我正式结婚了，当然你提供了很大的帮助。”

博特莱毫不犹豫地抓住了罗平伸过来的手。他知道罗平比自己厉害多了，即使败北也没有什么不好意思的。这时下人端来了食物，博特莱充满好奇地坐在了座位上。

“莱蒙德和我在大宅邸的时候就开始相爱了，绑架和禁闭那都是骗术。但是不用罗平而是用从小就使用的瓦尔梅拉这个名字来结婚，因为谁也不会怀疑瓦尔梅拉就是罗平。这是我一生中最难以忘怀的漂亮计划和美好的回忆。”

罗平四处望了望房间说道，

“这个房子是不是真的很漂亮？拥有过这个房子的所有人都引以为豪，并且还留下了名字。”

墙上写着“恺撒查理曼大帝……路易十一世、弗朗索瓦一世、亨利四世、路易十四世、亚森·罗平”。

“找到遗失的秘密，像国王一样生活在奇岩城，这个罗平是不是很厉害？”

这时罗平夫人担心地说，

“楼下什么声音？”

罗平微笑着对下人说道，

“夏罗莱，这位先生进来以后把所有的门都关上了吗？”

下人点了点头，罗平让她先出去。那声音是在外面等得着急的加尼玛尔警官破门的声音，罗平好像什么都没有发生一样向楼上走去。

“这是我的美术馆，这些都是我收集的真品。”

继续往上走，每个房间都充满了各种珍贵的物品和很难找到的书籍。

“最后一个房间。”

看房顶很高而且是圆顶就知道，这里是奇岩城的顶端了。罗平给他看了藏在地底下的秘密场所，这里全部都是装满耀眼宝石的旧箱子。

“你一定要告诉世人，罗平不会拿走法国的任何一颗宝石。”

就在加尼玛尔一伙人来到最后一扇门的时候，罗平指着海平面说道，

“令我伤心的是，现在我不能欣赏这美景了，在这奇岩城的顶端，罗平支配着整个世界。看见那部电话了吗？这是直通巴黎和伦敦的，整个欧洲地区都有我的中间人、部下、情报收集员。我从事艺术和古董的国际贸易。”

罗平压低嗓音继续说道，

“我支配世界的生活现在就要结束了，因为我的旁边出现了一位头脑清晰、眼光伶俐、灵魂纯洁的少女。为了这位喜欢正直的人的女人，我放弃了城堡，因为没有什么可以和这位女人纯洁的灵魂相媲美。你应该知道为什么我早就可以让你完蛋，但

每次都把你放走的原因了吧？我让部下们离开也是想了结我的过去。就是为了即使和莱蒙德相互而视，也不会感到羞耻的幸福未来。”

罗平拿起粉笔在墙上写了几个大字。

罗平把奇岩城所有的东西都留给法国卢浮宫。

但是展厅要命名为亚森·罗平厅。

这时房门被劈开了，加尼玛尔警官终于到来了。罗平对博特莱表示感谢后拿下了挂在墙上的一幅画，一个小门露了出来。就在这时，加尼玛尔警官把枪伸了进来大声喊道。

“罗平，投降吧！”

还没打开门的罗平也没办法逃出去了，身子靠在了墙上。

“博特莱，你在干什么？赶快抓住罗平！”

直到这时还在一旁发呆的博特莱掏出了手枪，但是瞬间被罗平扑倒了。罗平拿博特莱当挡箭牌打开了门，一个通向奇岩城下面的秘密台阶出现了。走下台阶后进入了一个巨大的洞穴，灯光中有两个人站在那里，一个女人跑过来搂住罗平的脖子，是莱蒙德。

罗平，你现在就
是瓮中之鳖！

“怎么这么晚才来？你不是一个人！”

“是朋友博特莱。夏罗莱，赶快启动。”

在罗平的命令下，一艘船准备离开了。

“如果涨潮的话就会从这个窟窿里进水，船就会浮起来。”

罗平对犹豫的博特莱说道，

“你一定认为比起留在盗贼罗平身边，留在维护法律和秩序的加尼玛尔身边才是正确的吧，但是现在不行。等一会儿你回去后再闹也不迟。”

博特莱知道现在反抗也没有用就走上了船，船向其他洞穴驶去，然后驶向了宽阔的大海。最后进入了某个海湾，藏在了一个别人找不到的地方。

“这里叫做罗平港。”

他们沿着铁梯爬上绝壁后，出现了一片平地。

“这里是我陪着妻子和母亲开始新生活的农场。”

转过一个弯后，一条美丽的林荫小路直通农场。

罗平望着农场对博特莱说，

“莱蒙德会忘掉我曾经是怪盗罗平吗？她会把我讨厌的过去从记忆中抹掉吗？我为了她放弃了我的圣地奇岩城和宝物、权利以及自尊心。因为她只喜欢真诚的男人。”

罗平的眼里噙着泪水。这时农场中传来喊叫声，莱蒙德吓了一跳，说那是妈妈的声音，罗平一下子不知所措起来。

“莱蒙德，赶快逃跑，不，我可怜的母亲……莱蒙德，请原谅我。”

罗平向着农场跑去，大喊道，

“博特莱，待在莱蒙德身边。”

但是莱蒙德已经跟着罗平跑了过去。这时，抓住老奶奶的两个人和一个身材高大的男子出现在了农场。身材高大的男子正是夏洛克·福尔摩斯，罗平跑到一伙人前面挡住了夏洛克·福尔摩斯。

“夏洛克·福尔摩斯，我要你放了夫人！”

夏洛克·福尔摩斯根本不听，罗平把手伸进口袋想要掏出枪。夏洛克·福尔摩斯拿枪指着老奶奶的头说道，

“这个自称是你母亲的女人，就是和你一起长时间进行偷盗行为的维克图瓦，也是你的乳母。”

莱蒙德对这个事实大吃一惊。夏洛克·福尔摩斯在看莱蒙德的瞬间，罗平迅速地掏出枪扣动了扳机。夏洛克·福尔摩斯捂住胳膊对部下们喊道，

“打这个家伙！”

但是罗平速度更快，部下们全部中了罗平的枪倒在了地上。夏洛克·福尔摩斯左手举起枪瞄准了罗平，砰，枪响的同时莱蒙德挡住了罗平，倒了下去。

“莱蒙德，不要！”

当罗平知道她已经死了以后，疯狂地掐住夏洛克·福尔摩斯的脖子。

“孩子，孩子，不要！”

在维克图瓦的恳求下，罗平放开了夏洛克·福尔摩斯，欲哭无泪。

博特莱比谁都了解罗平对莱蒙德的爱，他看到这一切完全惊呆了。

罗平看着梦想中的农场，以及因为爱情而失去生命的可怜的莱蒙德，像丢了魂儿一样。

“维克图瓦，走。”

罗平抱起自己心爱的女人，朝着夜色下的大海走去，年迈的乳母无声地跟在后面。

既是精彩的冒险小说又是优秀的推理小说
《空心岩柱》

《空心岩柱》发表于1908年，是罗平系列的第一部长篇小说。在本书中，有一位和罗平势均力敌的少年侦探博特莱登场了。博特莱屡屡作出就连罗平都认可的正确推理。这部作品中，罗平和博特莱展开了一次激烈的对决。

揭开藏宝之地奇岩城的秘密

这部作品是围绕历代法国皇帝藏宝之地——奇岩城（依托一个空心岩柱建成）——展开的冒险故事。本书中出现了一位叫做博特莱的天才少年侦探，虽然是高中生，但是却做出了对峙罗平的一些厉害举动。警察们总是白跑腿，而博特莱却能准确判断情况，加快脚步调查，从而展开准确的推理。博特莱变装的本领也很高超，可以轻易化装成记者、画家等，罗平也认为他具有成为名侦探的品质。《空心岩柱》中，罗平和博特莱展开了一次激烈的对决。

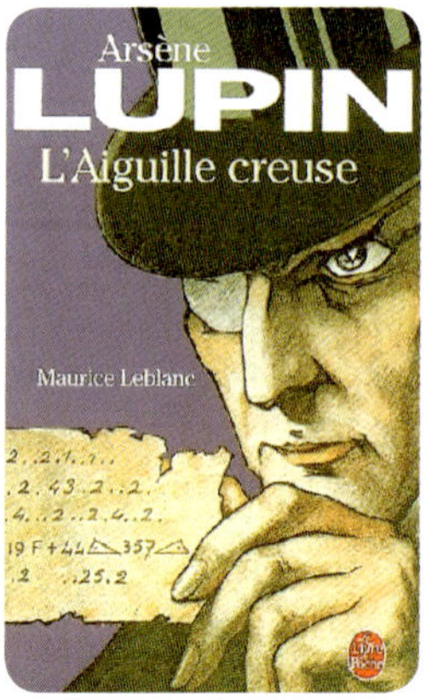

▲《空心岩柱》当年出版时的封面

▲现实中的空心岩柱

解开"空心针"暗语

伯爵的名画被偷以后，她的外甥女也被绑架了。在事件的现场发现了一个纸条，上面写着"空心针"的暗语。博特莱经过不懈的调查解开了暗语，终于在奇岩城中见到了罗平。像针一样尖尖的空心岩柱就是罗平的城堡，罗平把所有的宝物都藏在了那里。更为有趣的是，作者勒布朗后来就在写作背景奇岩城的附近建立了"罗平别墅"，并且在那里安度晚年。

罗平偷看的到底是什么？《像天鹅一样美丽的女人》

▲拜访高伯尔凌的路易十四。装饰地毯是用多种色系汇成图案的针织品。

这部作品还刊登在了1913年出版的《亚森·罗平的告白》短篇集上。罗平化装成房主上校，骗走了装饰地毯，还装成下人的模样骗了一大笔保险金。就在被加尼玛尔警官发现时，罗平像雾一样消失了。通过加尼玛尔警官说出“罗平不玩杀人的游戏”以及在罗平的信中“对加尼玛尔警官的出众能力给予很高的评价”这些话，可以读出二人互相肯定并且互相尊重的对手关系。

侦探放大镜

罗平为什么被称为“怪盗绅士”？

罗平的别名是“怪盗绅士”，怪盗的意思就是“奇怪的盗贼”，绅士就是庄重并且有教养、有礼貌的男子。盗贼中还有这样的人是不是很奇怪？

罗平拥有干净而帅气的外貌，而且他见多识广，特别是鉴赏艺术品的眼光非常出众，所以经常告诉别人其收藏是赝品。罗平绝不伤害人，只是利用化装和大胆的计划逃脱。他盗窃一些作恶多端的富人以及政治家的财物，总是帮助一些穷苦的人，而且当国家陷入危机的时候，也会积极地站出来。这是不是一个充满魅力的盗贼？

▲1932年拍摄的罗平电影。约翰·巴里摩尔扮演罗平。

推理达人 推理最棒！

找到埋藏在地下洞穴里的宝物

“空心岩柱”也就是奇岩城，罗平的城堡，装满宝物的仓库。假设你发现了一个像奇岩城一样装满宝物的地下洞穴，但是必须解开暗语才能到达有宝物的地方。仔细看线索就能知道解开暗语的方法。那么，让我们一起出发寻找宝物吧！

既不是一个字一个字也不是一个词一个词跳着读……
如果不是跳着读的话只能是反着读了？
3 要想消退江水的话念出正确的咒语？吧去退水江的滚翻！
又宽又深的江水
独木桥
吊桥
哇，装宝物的箱子！但是怎样打开锁子呢？
啊哈，知道了！只要选对图形的形状和颜色就行啦！
4 要想打开宝物箱子的话放进正确的碎片！
正确答案
1 阿里巴巴！
2 芝麻开门！
3 翻滚的江水退去吧！
4

世界推理小说系列

《世界推理小说》系列丛书共20册，包含两个小系：《名侦探福尔摩斯系列》和《怪盗罗平系列》各10册。这套丛书对原著进行了适合少年儿童阅读水平的改编。可贵的是，改编没有破坏侦探、推理小说的逻辑性，本系列故事依然具有非常强的可读性。

《怪盗罗平系列》是法国著名作家莫里斯·勒布朗的作品，该系列作品被翻译成多种语言畅销全球，还被多次拍成电影在大银幕呈现。亚森·罗平也成为与名侦探福尔摩斯齐名的、家喻户晓的人物。

世界推理小说系列

《名侦探福尔摩斯系列》是著名侦探小说家阿瑟·柯南·道尔的作品，在书中他成功塑造了大名鼎鼎的侦探——夏洛克·福尔摩斯。柯南·道尔的小说有非常强的画面感，其冲突设置集中，情节跌宕，使读者仿佛置身于故事之中。